SOY UN SUPERHÉROE

LOS SUPERHÉROES

también se sien

1 edicion

ISAURA LEE — CHRISTIAN INARAJA

edebé

Cuando mi supersocia apareció,
en casa solo se oía: «¡SHHHHH!».
«¡SHHHHHH!», a todas horas.

Ella se tomaba un **BIBERÓN** pequeño.
Pequeño como las tacitas
de café del abuelo en el bar.

Papá y mamá SONREÍAN.

Yo me comía mi plato especial
de superlentejas de superhéroe y...

—¡SHHHHHH! —decían papá y mamá—.

¡LA VAS A DESPERTAR!

Ella se hacía pis.

¡UN PAÑAL ENTERO DE PIS!

¡SHHHHH!

Me mandaron callar.

Y también dijeron:

—**¡HÉCTOR!** TÚ YA ERES
MAYOR PARA HACERTE PIS.

No me preguntaron
si estaba mojado.
No dijeron:
«Pobrecito, mi niño».

Un día entró en **MI** CUARTO

y **ESTROPEÓ** MI CUENTO con sus babas.

Yo me enfadé **UN POCO**.

Me enfadé **MUCHO**.

Un **SUPERENFADO**.

¡SHHH!

Papá y mamá me regañaron:
—¿NO VES QUE ES PEQUEÑA?
LA VAS A DESPERTAR.

A veces pienso que ha
llegado desde el planeta
de los **SUPERMALVADOS**.

Hoy ha venido al parque conmigo.

Aparece un **SUPERVILLANO** y LA RESCATO de sus garras.

En casa, le enseño algunas cosas **IMPORTANTES**.

Me sigue por sitios peligrosos...

...y aprende a huir de los malos.

ME AYUDA a recoger nuestras superarmas láser.

Después de comer está cansada de aprender.

¡SHHHHH!

Y riño a papá y mamá:
—¡LA VAIS A DESPERTAR!

Ahora, MI SUPERSOCIA me sigue a todas partes.
Hace todo lo que le digo.

En casa YA NADIE DICE:

«¡SHHHHHH!».

© Isaura Lee: Ana Campoy, Esperanza Fabregat, Javier Fonseca, Raquel Míguez, 2015
© Christian Inaraja, por las ilustraciones, 2015

© Edición: EDEBÉ, 2015
Paseo de San Juan Bosco 62
08017 Barcelona
www.edebe.com

Atención al cliente: 902 44 44 41
contacta@edebe.net

Dirección editorial: Reina Duarte
Diseño de la colección: Book & Look

1ª edición, febrero 2015

ISBN 978-84-683-1571-3
Depósito Legal: B. 237-2015
Impreso en España/Printed in Spain